PIPI CACA POPOT !

W0364812

– À ma petite sœur, Nolwenn.
L. R.

© 2000 Père Castor Flammarion pour le texte et l'illustration
© 2003 Pére Castor Flammarion pour la présente édition – ISBN : 978-2-0816-1644-8
Impression en France par Pollina s.a., 85400 Luçon - n° L44793
Flammarion 87, quai Panhard et Levassor 75647 Paris Cedex 13
www.editions.flammarion.com
Dépôt légal : mars 2003
Loi n° 46-956 du 16 juillet 1949 sur les publications destinées à la jeunesse

PIPI CACA POPOT !

Magdalena

Illustrations de
Laurent Richard

Père Castor
Flammarion

Ce matin, Maman Lapin a un cadeau
pour Bébé Lapin, un beau pot jaune.

– Tiens Bébé Lapin
c'est pour toi,
c'est pour faire…

– Merci !

Bébé Lapin prend le pot
et sort dans le jardin
sans écouter Maman.

Maman n'a pas le temps
de finir sa phrase,
Bébé Lapin est déjà loin !

Bébé Lapin met le pot sur sa tête
pour se protéger du soleil.

– Trop chaud ce chapeaupot !

Bébé Lapin met le pot
sous ses fesses
pour cueillir des marguerites.

– Troué ce tabouretpot !

Bébé Lapin met sa pelle dans le pot.

– Pas de bretelle ce sacàdospot !

Bébé Lapin pousse son ours.

– Roule pas cette autopot !

Bébé Lapin monte sur le pot
pour attraper une framboise.

– Pas assez haut cet escabotpot !

– C’est l’heure du bain ! dit Maman.

Bébé Lapin rentre avec son pot
et le met dans la baignoire.

– Flotte pas ce bateaupot !

– C'est l'heure de manger !
dit Maman.

Bébé Lapin donne à manger
à son ours.

– Pas assez grand ce plateaupot !

– C’est l’heure de faire pipi,
dit Maman en montrant le pot.

– C'est un pipipot ?
demande Bébé Lapin.
– Oui, c'est un petit pot pour toi,
dit Maman.
– Alors plus de fesses mouillées ?
Alors fini les couches serrées ?
dit Bébé Lapin.
– Oui, c'est ton pot pour faire pipipot
et cacapot, répond Maman.

– Il est juste bien, dit Bébé Lapin en essayant le pot. Mais j'en veux un autre, un rouge.
– Un autre ? demande Maman étonnée. Pour quoi faire ?
– Pour mon ours, pour qu'il fasse trois petites crottes de lapin comme moi. Regarde, dit Bébé Lapin, tout content de lui en montrant son pot.